ARIANE,

ABANDONNÉE:

MÉLODRAME, IMITÉ DE L'ALLEMAND;

Musique de M. George Benda.

Représenté pour la premiere fois, le 20 Juillet 1781, par les Comédiens Italiens ordinaires du Roi.

A PARIS;

Chez Thomas BRUNET, Libraire, rue Mauconseil, à côté de la Comédie Italienne.

M. DCC. LXXXI.

Du Mélodrame en général, & de celui d'Ariane en particulier.

Sujet du Mélodrame d'Ariane.

Minos, Roi de Crète, affiégeoit Athènes. Les Athéniens, réduits aux dernieres extrêmités, confulterent plufieurs fois l'Oracle. Il leur répondit enfin, que les Dieux termineroient leurs maux, lorfqu'ils auroient donné une entière fatisfaction au Roi de Crète. On demanda la paix à *Minos*; il l'accorda, à condition que, tous les fept ans, on lui feroit préfent de fept jeunes Athéniens, & d'autant de jeunes Athéniennes. Ce tribut honteux avoit été payé trois fois, lorfque *Théfée*, fils d'*Ægée*, Roi d'Athènes, arriva dans fa Patrie. Il avoit été élevé à la Cour de fon aïeul, *Pithée*, & s'étoit déja acquis, par différens exploits, la réputation d'un Héros, qu'il foutint en triomphant des ennemis de fon pere. Il en obtint enfuite la permiffion d'être du nombre des fept jeunes Athéniens envoyés en tribut à *Minos*. On l'expofa, comme fes prédéceffeurs, dans

le labyrinthe de *Dédale*, pour combattre le
Minotaure, monftre horrible, que perfonne
n'avoit encore pu terraffer. Mais *Ariane*, fille
de *Minos*, à qui *Théfée* avoit infpiré de l'amour
dès leur première entrevue, lui donna un pe-
loton de fil, dont une extrêmité fut attachée
à l'entrée du labyrinthe. Ce fil lui fervit de
guide dans les détours multipliés de cette affreufe prifon, & il en fortit après avoir triom-
phé du Minotaure. Cet exploit glorieux ne fit
qu'augmenter l'amour de la trop fenfible
Ariane : elle réfolut d'abandonner fes parens
& fa Patrie pour fuivre fon Amant. *Théfée*
s'embarqua donc fecrétement avec elle, & ils
aborderent peu après dans l'Ifle de Naxe ou
Dia. Ils y étoient depuis quelques jours, lorfque l'infidele Héros prit le parti honteux d'a-
bandonner fa bienfaitrice, & de retourner dans
fa Patrie avec fes compagnons.

Cette Hiftoire, probablement mêlée de circonftances fabuleufes, nous a été tranfmife par
Diodore de Sicile : elle fait le fujet de ce Mélodrame.

Obfervations fur le rôle de Théfée.

Nous nous fommes bien gardés de con-
ferver au caractere de *Théfée* tout ce qu'il

peut avoir de repouffant pour les ames fenfi-
bles. Ce n'eft, ni par perfidie, ni par ingrati-
tude, qu'il abandonne *Ariane* : il s'y voit forcé
par les Grecs, à la fureur defquels il lui feroit
impoffible de réfifter. C'eft pour fauver la vie
à fon Amante, qu'il prend cette affreufe réfo-
lution. Il eft affuré qu'elle fera immolée, s'il
perfifte à la défendre ; & en l'abandonnant, il
efpere du moins qu'un hafard heureux peut la
fauver. L'alternative eft cruelle , il eft vrai ,
mais elle ne bleffe point la vraifemblance, &
rend le perfonnage de *Théfée* bien plus intéref-
fant que celui d'*Enée* abandonnant *Didon*.

Cependant, quelque motif que l'on puiffe
fuppofer à *Théfée* , fon action eft fi ré-
voltante , qu'il lui fera toujours difficile
d'attendrir les Spectateurs. On fouffre de
voir un Héros, forcé par les circonftances,
à un procédé indigne de lui : on aime-
roit mieux le voir combattre feul contre une
multitude furieufe, & tomber percé de coups
aux pieds de fa Maîtreffe. Il eft donc vraifem-
blable que la fcene de *Théfée* , fût-elle infini-
ment plus courte, n'intéreffera que foiblement
les Spectateurs ; elle pourra même leur paroître
trop longue : mais elle étoit néceffaire. Quel

A iij

intérêt n'ajoûte - t - elle pas au perſonnage d'*Ariane?* Il n'eſt perſonne qui ne ſoit touché d'avance du ſort de cette Princeſſe infortunée. Elle n'eſt pas encore inſtruite de ſon malheur, que le Public en connoît déja toute l'étendue. Ces ſentimens exiſteroient-ils ſans la ſcene de *Théſée?*

Puiſque cette ſcene eſt ſi importante pour faire reſſortir le perſonnage eſſentiel, il étoit naturel de ne pas la rendre trop courte, afin que *Théſée* parût moins odieux, afin que l'on fût témoin des combats qu'excitent dans ſon cœur l'amour, la gloire, & la voix impérieuſe des circonſtances.

*Obſervations ſur le rôle d'*Ariane.

Quant au perſonnage d'*Ariane*, il eſt ſi in-téreſſant par lui-même, qu'il ſuffit d'indiquer les divers mouvemens de ſon cœur, pour tou-cher les ames qui ont la moindre étincelle de ſenſibilité. Quoiqu'elle ſoit long-tems ſeule ſur la ſcene, rien n'eſt plus naturel & plus varié que ſon Monologue. En effet, y a-t-il rien de plus naturel que de ſuppoſer une perſonne mal-heureuſe & iſolée, qui s'entretient avec elle-même? Le beſoin d'un ami eſt tellement dans

la nature, qu'à fon défaut nous fommes toujours portés à nous rendre compte à nous-
mêmes des mouvemens de notre ame.

Il feroit difficile de contefter la plus grande
variété au Monologue d'*Ariane*. Il a toute celle
dont il étoit fufceptible. Une lecture attentive
fuffit pour convaincre qu'il étoit impoffible d'y
admettre une plus grande diverfité de fentimens, une fucceffion de fentimens plus naturelle. Cette diverfité donne lieu à des nuances
de fituation qui repofent l'œil du Spectateur,
en lui offrant à chaque inftant un nouveau tableau.

On m'objectera qu'un Monologue porte toujours avec lui une monotonie, une uniformité
peu théatrales. Je répondrai que, dans une
Piece d'action, il eft rare qu'un Monologue ne
foit point déplacé & ne nuife même à la marche
dramatique. Mais il en eft tout autrement du
Mélodrame; les Monologues en font la bafe.
Cela me conduit naturellement à m'expliquer
fur la nature de cette nouvelle efpece de production dramatique (1).

_____

(1) Nous n'ignorons pas que le mot *Mélodrame* peut
s'appliquer indifféremment à toutes les productions

Qu'est-ce que le Mélodrame ?

Qu'est-ce donc qu'un Mélodrame, dans le sens que nous attachons à ce mot ? Il seroit aisé de répondre à cette question, si l'on avoit des exemples à citer, ou des principes reçus pour ce nouveau genre ; mais on peut dire que nous manquons également des uns & des autres. Le seul *Pygmalion* de J. J. Rousseau peut nous en donner une idée, & jetter quelque lumière sur ce que nous dirons là-dessus.

Définition du Mélodrame.

« Par-tout où l'on réunira fortement l'Accent » Musical à l'Accent Oratoire.... le physique & » le moral concourront à la fois au plaisir des » écoutans ». Ce passage de l'article *Expression* du *Dictionnaire de Musique* de J. J. Rous-

---

dramatiques qui ont besoin du secours de la musique : mais comme on n'a point encore imaginé d'expression propre au nouveau genre dont il est ici question, nous avons préféré d'employer un terme déja connu, & qui d'ailleurs n'est guères en usage pour désigner les autres productions dramatico-musicales. C'est ainsi qu'on est convenu d'appéller *Drames* les Pieces larmoyantes, qui ne peuvent être nommées, ni Tragédies ni Comédies, quoique le mot *Drame* soit applicable à toutes les Pieces de Théatre.

feau (1) , nous facilitera la définition du genre Mélo-dramatique. Ce genre eſt le réſultat de l'union la plus intime de l'Accent Muſical à l'Accent Déclamatoire *naturel*. Il ſuit de-là qu'il doit être entiérement conſacré à l'expreſſion du ſentiment. Que de réflexions ! que de principes découlent de cette conſéquence !

D'abord, le Mélodrame étant le réſultat de l'union la plus intime de l'Accent Muſical à l'Accent Déclamatoire naturel, & dévoué par-là même à l'expreſſion du ſentiment, il eſt clair qu'il n'admet point tout ce qui pourroit interrompre cette union intime dont il eſt le réſultat, & qu'il ſera d'autant plus parfait, que cet Accord de la Muſique & de la Déclamation ſera plus continu & plus reſſerré.

Le Mélodrame ne comporte que peu ou point d'action.

Donc le Mélodrame ne comporte que peu ou point d'action, d'intrigue, de mouvement ; tout ſon intérêt doit dépendre d'une ſituation vraiment théatrale, & qui prête à la variété des ſentimens.

------

(1) Voyez le *Dictionnaire de Muſique*, pag. 342, édition *in-8°.* de Neuchâtel , 1775.

Il ne permet pas le Dialogue dramatique.

Donc le Mélodrame ne permet pas le Dialogue dramatique. En effet, si l'on y introduit plusieurs Acteurs en même-tems, il arrivera, ou que l'union de la Musique & de la Déclamation sera fréquemment interrompue, afin de ne pas détruire l'effet & le naturel du Dialogue, ou que le Dialogue sera froid, inanimé, sans effet, si on l'entre-mêle de traits de Musique; & dans ces deux cas le but du Mélodrame est manqué.

Il est vrai que, pour jetter plus de variété dans les sentimens, pour donner en quelque sorte une nouvelle secousse à l'ame des Spectateurs, on est quelquefois obligé de faire parler une seconde personne; mais alors quelques mots doivent suffire. On ne peut mieux expliquer ceci que par l'exemple d'*Ariane*.

Thésée a déja réfléchi sur la cruauté qu'il y auroit à abandonner sa Maîtresse; il vient de dire que les devoirs de l'amour sont aussi sacrés pour lui que ceux du Citoyen; son nom prononcé par *Ariane*, dans un songe analogue aux sentimens qui l'occupent, suffit pour rendre sa situation plus embarrassante, &

donner lieu à des combats de fentimens plus violens.

Ariane s'éveille, fon ame eft tranquille ; elle eft étonnée de ne pas voir fon Amant, mais elle eft bien éloignée de craindre fa perfidie ; l'approche d'un orage commence à altérer fa tranquillité, mais on ne voit encore qu'une Amante inquiette pour les jours de ce qu'elle aime ; cette inquiétude augmente fuccellivement, mais elle ne pourroit être prolongée fans devenir monotone ; & pour éviter cette monotonie, il faut donner lieu à des fentimens d'un autre genre. C'eft ce que fait la Nymphe des Rochers, en apprenant à *Ariane* le départ de *Théfée.*

L'abattement d'*Ariane* ayant fuccédé au plus affrenx défefpoir, l'Oréade lui apprend qu'elle fera facrifiée à *Neptune.* Le peu de mots qu'elle prononce, femblent donner du reffort à l'ame d'*Ariane*, & empêchent fa fituation de devenir monotone.

Ce n'eft que dans des circonftances femblables qu'il eft permis d'admettre un autre Acteur : mais il ne doit paroître qu'un inftant, & jamais que lorfque fa préfence ou fon difcours

peuvent introduire un nouvel ordre de fentimens.

Il ne doit point être écrit en vers.

Une autre conféquence qui découle néceffairement de la bafe du Mélodrame, c'eft qu'il
ne doit point être écrit en vers. Les fentimens
que l'on veut revêtir de l'expreffion muficale,
ne fauroient être développés comme ceux d'une
Tragédie ; il faut les préfenter en maffe, il faut
qu'ils foient, pour ainfi dire, concentrés, afin
de laiffer au Muficien le moyen d'en perfec-
tionner l'expreffion, de la développer, &
même d'y ajouter (1). Or, la Poéfie fe refufe
à cette efpece de féchereffe ou de fimplicité de
ftyle qu'exige le Mélodrame ; elle prononce

_____

(1) Ce principe eft fi vrai, qu'on peut en faire également l'application à toutes les productions dramatiques dont la Mufique fait partie conftituante. De-là
vient qu'un Opéra ne fupporte point les mêmes déve-
loppemens de fentimens qu'une Tragédie, & que le
Poëte eft fouvent obligé de faire des retranchemens
aux fcenes qu'il a le plus travaillées, & fur l'effet
defquelles il a le plus compté. Ce point feul feroit fufceptible d'une démonftration beaucoup plus étendue,
à laquelle les bornes que nous nous fommes pref-
crites ne nous permettent pas de nous livrer.

trop fortement ce qu'elle exprime ; elle laisse trop peu à désirer au cœur.

D'ailleurs, fût-il même possible d'écrire un Mélodrame en vers, cela deviendroit tout au moins inutile ; 1°. parce que le Poëte y seroit privé des moyens d'étaler les ressources & les richesses de son Art (1) ; 2°. parce que le charme du Rythme poétique seroit totalement perdu. Pour unir l'Accent Musical à l'Accent Déclamatoire, le Musicien est souvent obligé de couper la déclamation dans le vif, quelquefois un monosyllabe lui suffit pour produire son effet. Le Rythme Musical dominant donc essentiellement dans ce genre, il faudroit lui sacrifier le Rythme poétique ; & alors quelle nécessité de l'y introduire (2) ?

---

(1) Que l'on fasse attention aux morceaux d'un Opéra qui ont le plus de succès ; ce ne sont jamais les plus poétiques. Les endroits où le Poëte a cherché à étaler les richesses de son Art, sont toujours ceux où le Musicien échoue. On les lit avec plaisir, on les applaudiroit, s'ils étoient déclamés sans Musique ; mais comme l'expression musicale n'ajoute rien & ne sauroit rien ajouter à leur effet, elle l'anéantit en quelque sorte.

(2) De ce qu'un Mélodrame ne doit pas être écrit en vers, il ne faut pas conclure qu'un Opéra pourroit l'être en prose. Malgré tous les rapports que ces deux

Il exclut ce qu'on ne peut appeller que de l'esprit.

Il est peut-être bon d'observer ici que, comme le Mélodrame est consacré sans réserve à l'expression du sentiment, il exclut toujours ce qu'on ne peut appeller que de l'esprit. Un seul trait de ce genre peut faire tomber une scene mélodramatique. C'est une vérité dont on peut appeller à l'expérience; elle sera facilement sentie par tous ceux qui auront réfléchi sur ce que nous venons de dire.

Le Mélodrame est un genre très-borné.

Mais, pourront-ils observer à leur tour, ne doit-on pas conclure que le Mélodrame est un genre aussi borné que difficile? D'accord. C'est un genre très-borné, en ce qu'il existe fort peu de situations théatrales assez intéressantes par la variété des sentimens qui y regnent, pour fournir à un Monologue soutenu pendant un

---

Genres peuvent avoir l'un avec l'autre, ils ont des différences assez marquées pour exiger des regles qui soient particulieres à chacun d'eux. L'un est strictement lié aux inflexions & aux mouvemens de la Déclamation naturelle, l'autre ne comporte qu'une Déclamation artificielle qui ne peut guères perdre de son effet, quand elle est une fois bien déterminée. Il n'en est pas de même du Mélodrame, comme il est facile de s'en convaincre.

certain efpace de tems, & donner lieu à de grandes oppofitions muficales.

Et très-difficile.

C'eft un genre très-difficile, en ce qu'il ne fupporte point la médiocrité. L'Auteur des paroles peut bien faire un ouvrage très-médiocre à la lecture, & même à la repréfentation, fi elle avoit lieu indépendamment de la Mufique, mais on ne doit le juger d'aucune de ces deux manières, parce qu'alors ce feroit juger de quelques fcenes dramatiques en profe, & non d'un Mélodrame. On ne peut apprécier les paroles féparément de la Mufique, & réciproquement la Mufique fans le fecours des paroles. Un habile Compofiteur pourroit faire une Mufique excellente en elle-même, agréable, qui préfentât le plus bel enfemble, mais qui, réunie aux paroles, devînt déteftable.

Ce n'eft pas encore tout, l'exécution du Mélodrame ne fupporte pas plus la médiocrité que fa compofition. Tout fon effet dépendant de l'union intime de l'Accent Mufical à l'Accent Déclamatoire naturel, il s'enfuit qu'il manquera fon effet, toutes les fois que la Déclamation de l'Acteur ou de l'Actrice ne s'accordera pas parfaitement avec celle que le Muficien a imaginée lorfqu'il a compofé. Or, il eft facile de fentir la difficulté extrême de ce feul point du Mélodrame, qui exige que le Compofiteur & l'Acteur trouvent le ton précis de l'Accent de la Nature dans telle ou telle fituation. Le Compofiteur, il eft vrai, fupporte lui feul la plus grande partie de cette difficulté, parce que, fi fa Mufique eft bien faite, elle entraîne l'Acteur & le guide, pour peu qu'il ait de fenfibilité.

Comparaifon du Mélodrame à un Tableau.

Regardons le Mélodrame comme un Tableau. L'Auteur des paroles en détermine la grandeur & la forme, en deffine le fujet; le Muficien développe l'expreffion que l'efquiffe n'a pu qu'indiquer, y déploie les richeffes & la variété du coloris, y met les ombres, &c. Le Théâtre eft la galerie où on le place pour l'expofer aux yeux des connoiffeurs. Si l'Acteur & l'Orcheftre s'accordent pour l'expreffion avec les paroles & la Mufique, alors le Tableau a été placé dans un jour favorable, & produit tout fon effet; fi les Auteurs ne font bien fecondés par l'un ni par l'autre, leur Tableau, placé dans un faux jour, n'attirera les regards de perfonne, tout au plus l'œil de la critique

qui

qui jugera du Tableau , fans confidérer fa pofi-
tion (1).

Puifque le Mélodrame eft un genre fi borné,
& fi difficile, n'eft-il pas inutile de l'admettre ?
Non, fans doute. « Dans tous les Arts »,
dit avec raifon l'Anonyme de Vaugirard
(*Lett. IV*e), « il faut encourager toutes les
» Nouveautés , chercher fans ceffe de nouvelles
» routes , & même en s'égarant, on apprend
» à ne plus s'égarer ». Ainfi tout genre eft bon,
dès qu'il plaît & atteint fon but. N'exiftât-il que
dix fujets de Mélodrames , ils méritent qu'on
les accueille au Théatre, s'ils font traités conve-
nablement. On ne peut imaginer aucun genre
inutile, parce que les écarts mêmes du génie ou
de l'imagination font toujours profitables aux
progrès de l'Art.

Avantages du Mélodrame.

D'ailleurs le Mélodrame a des avantages
qu'on ne fauroit fe diffimuler. Lorfqu'il eft fait
comme il doit l'être , il ne peut exifter un accord
plus parfait de l'expreffion muficale & de l'ex-

(1) Il n'eft point de production dramatique que l'on
puiffe comparer auffi juftement à un Tableau, que le
Mélodrame. En effet, il n'en eft point qui, comme
lui , réfulte d'une feule fituation.

B

preffion naturelle des paffions. Il n'eft point de genre qui exige de la part du Muficien une plus grande fenfibilité & une connoiffance plus profonde de la Déclamation théatrale. Il n'a d'autre reffource pour plaire que l'expreffion vraie du fentiment; la mélodie la plus agréable, l'harmonie la plus favante, ne fauveront pas fon ouvrage d'une chûte inévitable, s'il n'a pas fu les mettre d'accord avec la Nature. L'effet de ce genre, bien traité, eft inconcevable pour ceux qui ne l'ont point éprouvé. En un mot, il peut feul nous donner quelque idée de la manière dont la Déclamation théatrale s'uniffoit avec la Mufique chez les Anciens.

Ce genre, introduit en Allemagne par M. *George Benda*, y a fait époque. *Ariane* eft le Mélodrame par lequel il a débuté avec un fuccès dont le Théatre Allemand n'offre point d'exemples; fuccès qui fe foutient encore aujourd'hui (1). L'enthoufiafme qui en a réfulté, a

_____

(1) Le Mélodrame d'*Ariane*, en Allemand, a pour Auteur M. *Jean-Chrétien Brandes*, Acteur Allemand. C'eft une Cantate de M. *Gerflenberg*, célèbre Poëte de fa Nation, qui lui en a donné l'idée, & il a compofé le rôle d'*Ariane* pour fon époufe, M^{de} *Charlotte-Efther Brandes*, qui s'y eft acquis une grande réputation.

produit une foule d'Imitateurs ; mais par une fatalité , probablement attachée au mauvais choix des fujets & au défaut de principes théoriques de ce genre , aucun d'eux n'a réuffi. On ne fauroit en conclure que le genre eft trop uniforme, & que la Mufique de chaque Mélodrame doit avoir néceffairement la même couleur. M. *G. Benda* a prouvé le contraire dans les deux Mélodrames qui ont fuccédé à *Ariane* ; favoir, dans *Médée* & *Pygmalion* (1). Ils produifent, chacun dans leur genre , autant d'effet qu'*Ariane*, & cependant le ftyle de ces trois ouvrages eft fi différent , qu'on pourroit les attribuer à trois Compofiteurs. Cett grande diverfité démontre les reffources du genre, quand le Muficien s'attache à la Nature.

Connoiffant le fuccès d'*Ariane* fur tous les Théatres du Nord, je me fuis joint à ceux des amis de M. *G. Benda*, qui avoient éprouvé comme moi l'effet de ce genre, pour l'engager à la donner fur un de nos Théatres, perfuadé qu'une Nation auffi fenfible que la nôtre, accueilleroit une production qui ne doit être

_____

(1) Le fuccès de *Médée* & de *Pygmalion* a été auffi grand que celui d'*Ariane*.

jugée que par le cœur. L'efprit diffère dans tous les Pays, mais le cœur de l'homme eft toujours le même.

J. B. D. B.

Paris, ce 18 Juillet 1781.

ARIANE,

ABANDONNÉE.

PERSONNAGES.

ARIANE.	Madame Verteuil.
THÉSÉE.	M. Michu.

Une ORÉADE, ou *Nymphe des Rochers*, *qui ne paroît point.*

GUERRIERS GRECS.

La Scene est dans l'Isle de Naxe.

ARIANE,

ABANDONNÉE DANS L'ISLE DE NAXE.

Le fond du Théâtre représente la mer : on voit des deux côtés différens groupes de rochers: Sur la droite quelques arbres indiquent une forêt.

La Scène s'ouvre au moment du crépuscule du matin.

SCENE PREMIERE.

ARIANE, THÉSÉE.

(Ariane est endormie sur un rocher. Thésée descend d'un rocher opposé).

THÉSÉE.

JE viens la voir encore! Ah! c'est pour la derniere fois! — Ariane, tu t'abandonnes sans défiance aux douceurs d'un sommeil tranquille, tu ne pressens pas

B iv

l'horreur de ton réveil ! — tu crois être encore dans
mes bras ! — me preſſer ſur ton ſein ! — trop ai-
mable & trop fidelle Amante ! — & j'oſe le penſer !
— Projet barbare ! — j'oſerois t'abandonner ! — Abandonner la protectrice de ma vie ! ma bienfaitrice !
mon Amante ! mon Épouſe ! — Barbare ! les antres
de ce déſert horrible ont-ils jamais vomi de monſtre
auſſi féroce que toi ? — Elle m'a ſauvé des fureurs de
Minos. — Sans elle, qui m'eût tiré du labyrinthe ?
— qui m'eût livré le monſtre qui l'habitoit ? — Parens, amis, patrie, elle a tout quitté pour moi !
— elle a tout ſacrifié pour me ſuivre.... Dans quels
lieux ?... dans un déſert. — Et je pourrois l'abandonner ! — Abandonner Ariane ! — la livrer au dé-
ſeſpoir le plus affreux, à la fureur des élémens, aux
bêtes féroces de ces rochers ! — Non, Théſée ! non
Athéniens ! votre cruauté n'ira pas ſi loin. — J'ai dé-
livré ma Patrie d'un tribut honteux, j'ai rempli les
devoirs d'un Citoyen. — L'Amour, l'Amour n'a-t-il
pas les ſiens ? Ils ne ſont pas moins ſacrés pour moi.
(*Le ſommeil d'Ariane ſemble troublé par un ſonge effrayant*). — Son ſein eſt agité ! elle ſoupire ! —

ARIANE, *endormie.*

Théſée ! Ah, Théſée ! —

THÉSÉE.

Elle me nomme juſques dans ſes ſonges ! —

ARIANE.

Au ſecours ! Sauve, ſauve ton Ariane ! —

THÉSÉE.

Ton Ariane ! —

ARIANE.

M'abandonner ! m'abandonner ! —

THÉSÉE.

Quel Dieu jaloux de ton repos te révèle tes malheurs & ta destinée déplorable ? —

ARIANE.

Il fuit ! Ah, barbare ! —

THÉSÉE.

Ariane ! — (*Il veut la serrer dans ses bras ; il s'arrête comme malgré lui*). Quelle force, quelle force suprême & cachée me repousse de son sein ? — Seroit-ce un ordre du destin ? — (*On entend de loin le son des trompettes*). Qu'entends - je ? On appelle ? Les vaisseaux sont prêts à faire voile ! Tout m'annonce qu'il faut la quitter pour jamais ! — Dieux puissans, qui connoissez le cœur d'Ariane ! A quoi dois-je me résoudre ? — (*On entend encore le son des trompettes*). Encore ? les cruels ! Quel génie malfaisant vous a conduit à Naxe ? — Quelle furie vous a découvert notre retraite ? — Ce rocher assiégé par les monstres de la mer, cette forêt habitée par des lions, étoient des lieux de délices pour notre tendresse ! — Mais, hélas ! toute résistance est vaine ; ils m'arracheront de ses

bras ! — Que dis-je ? quelle honte ! Théfée, l'amour
& l'orgueil d'Athènes, le libérateur de fa Patrie, le
vainqueur du Minotaure, foupire aux pieds d'une
femme ! — Plus de pitié ! plus d'amour ! — Éleve
ton ame ! Ofe redevenir homme ! — brife des
liens qui t'aviliffent ! — fois Théfée ! — Je vous
fuis, Grecs, je cours où la gloire m'appelle,
j'obéis à la voix de l'honneur & du deftin in-
flexible, je vous immole mon repos & tout le bon-
heur de ma vie ! — Objet infortuné de ma tendreffe
& de ma douleur, ne m'accable pas du poids de ta
haine, n'implore pas contre moi les Dieux vengeurs
du parjure, la réfiftance n'eft pas en mon pouvoir ! —
Les regrets, les remords feront tes vengeurs ; ils me
pourfuivront par-tout ! — C'eft en vain que la gloire
combat contre ma tendreffe ; la flamme qui brûle dans
ce cœur, ne s'éteindra jamais ! — (*Le fon des trom-*
pettes fe fait entendre). Dieux ! les voici ! l'indigna-
tion fe peint dans leurs regards farouches ! ils vont
immoler Ariane ! — Ils appellent, ils menacent ! —
Encore un inftant, & ce que j'adore fera facrifié à leur
fureur ! — Ma chere Ariane ! — Non, non, volons,
confervons-lui la vie ! — Mais, hélas ! qui protégera
fa foibleffe ? Dieu ! prenez pitié d'elle ! envoyez-lui
un libérateur ! — Elle s'éveille ; partons, évitons fes
regards, fes larmes pourroient m'attendrir. Infortuné
Théfée ! — (*Des Guerriers Grecs defcendent d'un*
rocher, & fe hâtent de s'approcher). N'approchez pas !

respectez & plaignez Ariane ! que sa vie vous soit
sacrée ! elle sauva la mienne ; je vous suis, je m'ar-
rache à moi-même ! — Ariane ! chere Ariane ! —

(*Il part*).

(*Ici l'Aurore commence à paroître*).

―――――――――

SCENE II.

ARIANE, *seule.* (*Elle a été éveillée par les
derniers mots qu'a prononcés Thésée*).

Thésée ! ta voix n'a-t-elle pas prononcé mon nom ?
— Je ne le vois pas ; un songe me trompoit sans doute ;
cette belle matinée me l'a enlevé. — Je te salue, su-
perbe Aurore ! — Jamais je ne l'ai vue si belle & si
brillante ! — Le Soleil se leve ; avec quelle pompe il
s'annonce à l'Univers ! Quelle majesté ! — Ah, Thésée !
depuis trois jours l'Aurore me surprenoit à tes côtés ;
aujourd'hui seulement tu l'as prévenue. — Il sembloit
qu'elle approuvoit notre amour. — Comme ces lieux
sauvages sont embellis par son éclat ! — Ah, Thésée !
sans toi ce séjour seroit affreux ! — On ne jouit point
ici de ces jours tranquilles, dont je goûtois avec toi
les douceurs dans les jardins de mon pere ; ici ne
fleurit aucun de ces buissons de roses dont l'ombre ca-
choit nos amours ; aucun oiseau ne nous réveille par
ses chants mélodieux. — Tout est sauvage, tout est
affreux ! — La mer vient se briser contre ce rocher

elle semble vouloir l'engloutir ! — Le rocher menace de s'écrouler ! — Le lion rugit ! — Ah, Thésée ! Thésée ! viens, ton Ariane ne sommeille plus ! — Où es-tu ? — Tu poursuis les lions & les tigres, & tu t'éloignes de ton Ariane qui tremble pour ta vie ! — Viens ! elle ne sommeille plus; accours dans ses bras ! — O combien cette nuit tu m'as coûté de larmes ! — Je n'ai jamais eu de songe plus terrible ! — Il vouloit m'abandonner ; en vain tendois-je vers lui mes mains suppliantes; il fuyoit, & bientôt il m'a semblé qu'il n'existoit plus pour moi ! — Ciel! si son courage l'emportoit trop loin ! — Dieux! vous l'avez sauvé par mes mains, veillez sur ses jours !... Mille dangers peuvent encore les menacer ! — Un tigre furieux peut le surprendre dans l'épaisseur de ces forêts ! — Qui pourra le sauver ? — Ah, Thésée ! viens, vois mes larmes! Ariane te pleure ! — Tu sais combien je t'aime, tu connois mon cœur, tu connois sa foiblesse & sa timidité, & tu le laisses en proie à de mortelles inquiétudes ! — (*Elle l'appelle*). Thésée !... Il ne vient point, il ne répond pas !... Quelle crainte glace tous mes sens ! — Ah! le cœur me bat ! — (*Elle l'appelle encore*). Thésée ! — (*Elle l'appelle à grands cris*). Thésée ! — Quel effrayant écho répond à ma voix ! — (*Avec la musique*). Que signifie ce sifflement dans la forêt ? — (*Elle court & le cherche par-tout*). L'orage approche, Thésée l'entend, & il ne vient point encore ! — Thésée! où es-tu ? où pourrai-je te trouver ? —

SCENE III.

ARIANE, L'ORÉADE.

L'ORÉADE.

C'est en vain que tu l'appelles.

ARIANE.

Quelle voix!... C'est sans doute la Nymphe de ces rochers.

L'ORÉADE.

Tu ne verras plus le parjure; c'est pour jamais qu'il te quitte.

ARIANE.

Pour jamais ! Non !...

L'ORÉADE.

Songe que c'est la Nymphe de ces Rochers qui te parle. Je l'ai vu fuir, te dis-je; il craignoit le jour, ton air suppliant, tes yeux baignés de larmes : il a bravé la fureur des flots, il t'abandonne.

ARIANE.

Dieux ! — (*Elle tombe évanouie*). Abandonnée ? abandonnée ? Seule.... Ici.... Sur ce rocher ? — Et Thésée a pu me trahir ? — Lui ? — (*Elle apperçoit un vaisseau en pleine mer, & se leve précipitamment*). Ah! qu'apperçois-je ? Qui vient à mon secours ? Un vais-

feau à l'horizon! —Il fuit! mon malheur eft certain! —
(*Elle tombe fans connoiſſance, puis revenant à elle*).
Me trahir ainfi! moi qui l'aimai fi tendrement, qui
ai tout ofé, tout facrifié pour lui! — Théfée! tu
peux m'abandonner! Moi qui partageai tes périls!....
qui te fauvai la vie!... étoit-ce à toi de me donner la
mort? — Malheureufe! Pourquoi l'ai-je vu? — Mais
qui ne l'eût pas écouté? Les charmes de fa figure,
l'éclat de fa renommée n'attiroient-ils pas tous les
cœurs? Qui n'eut pas reçu fon hommage? qui auroit
pu lui réfifter? — Hélas! il fut bientôt inftruit de ma
foibleffe! — Déja je n'étois plus maîtreffe de moi-
même. — « Ah, Théfée! lui difois-je, l'amour &
» la pitié me conduifent près de toi... — Fuis, fauve
» ta vie. — Fuis, cher Théfée!... — Prends ce fil,
» je veux moi - même guider tes pas, viens,
» le Minotaure tombera fous tes coups. — L'A-
» mour va combattre avec toi ». — Il s'élance
dans le labyrinthe, il en parcourt avec intrépi-
dité les détours perfides, il frappe, le Minotaure eft
terraffé. — Il me prend dans fes bras, nous fuyons....
— Et c'eft dans ce défert! — (*Elle fe jette fur un
rocher*). M'y voilà abandonnée, abandonnée pour jamais! — (*Elle fe releve avec précipitation*). Dieux
offenfés, pouvez - vous fouffrir cette trahifon? —
Vous avez entendu fes fermens, vous connoiffez fon
parjure, & vous ne le puniffez pas! — Eft-ce donc la
foibleffe que vous aimez à punir? Pourquoi épargner
l'auteur du crime? Pourquoi faire retomber fur moi

les traits de votre vengeance ? — Pourquoi me per-sécutez-vous ? — (*Avec la musique*). Ah ! ne me laissez pas souffrir la crainte de la mort ; son attente est trop longue ; finissez mes tourmens : détruisez, écrasez-moi de vos foudres ! — (*Dans l'agitation du délire*). N'est-ce pas là le bord du Cocyte ? l'antre des Furies ? — (*Avec la tenue des instrumens à vent*). Écou-tons... Quels hurlemens ! — Oui, ce sont les Furies, & Thésée est avec elles ! — Point de pitié ! Déchirez son flanc ; que mes yeux se repaissent de son supplice ! — Entourez son cœur perfide des longs replis de vos serpens ! — Déchirez-le ! — Ah ! je les vois qui s'é-lancent sur lui ! — L'abîme s'entrouvre, la flamme s'éleve ! — Point de pitié ! Précipitez-y l'ingrat ! — Elles l'entraînent ! Arrêtez, arrêtez !... Je l'aime encore ! — Quel effrayant délire a troublé mon ame ! — Loin de moi, fantômes sinistres ! — Où suis-je ? Existé-je ? Est-il possible ? Ariane ici ? à Naxe ? sans Thésée ? — Elle ! Ariane ! la fille de Minos ! un re-jetton de la race des Dieux ! se voir abandonnée sur ce rocher, devenir le mépris des hommes & la proie des bêtes féroces ! — Jadis j'étois innocente & tran-quille, je n'avois point répandu de larmes.... Je ne connoissois point l'amour ! — Je reposois dans le sein de ma mere ! Fiere de sa chere Ariane, elle me serroit dans ses bras ! Ah ! des jours si purs se sont envolés trop-tôt ! — Ils ne reviendront plus ces jours de calme & d'innocence ? — Eh, quoi suis-je perdue sans re-tour ? — perdue pour Thésée ! — Pour l'erreur d'un jour, rejettée par les Hommes & par les Dieux ! — Faut-il périr à mon printems, sans qu'un seul être me console à l'heure de ma mort, & porte mes derniers soupirs à ma mere? — O ma mere ! puissai-je tomber à tes pieds, couchée sur la poussiere, les arroser de mes larmes ! — Tu ne me connois plus? tu méconnois ta fille ingrate & criminelle, mais aussi repentante ! — Pardonne-lui !... Retire ta malédiction, qui n'est que trop accomplie ; révoque-la ; que l'instant d'une mort cruelle soit précédée du moins par un instant de repos ! —

La voix de l'ORÉADE.

Prête encore l'oreille à ma voix. Ton libérateur arrive, tes malheurs vont finir ; mais pour appaiser la colere des Dieux, tu seras sacrifiée à Neptune.

ARIANE.

Quoi ! j'aurai un vengeur, un libérateur ? — Ne me trahis-tu pas, Déesse de ce rocher? — Ah ! j'entends l'oracle qui vient de sortir de ta bouche ; le libérateur que tu m'annonces, c'est la mort dans ses flots ! — (*On entend le roulement du tonnerre ; le Ciel s'obscurcit, les éclairs brillent*). Dieux ! quelle révolution dans la nature ! Le soleil se cache ! Il fait nuit presque au moment de l'aurore ! — Que la mer est noire & terrible ! — Quels éclairs ! — Ils redoublent ! Ah, malheureuse ! — Le tonnerre gronde à travers ces rochers ! — Où fuir ? — Courons, courons vers l'Oréade ! — (*La foudre tombe près d'elle*). Ah ! le

Ciel

Ciel s'entr'ouvre! — Juftes Dieux, fauvez-moi! — Dieux! grace! grace! grace! — Sans doute il faut obéir aux Dieux & remplir ma deftinée! — Voici la mort! — elle m'environne! — elle eft fufpendue fur ma tête, à mes côtés, fous moi, autour de moi, par-tout je vois la mort! — Les Dieux, les Élémens, les Hommes, tous ont juré ma perte! Suis-je donc fi criminelle? — Ce rocher tremble, il va s'écrouler fous mes pas! — Les forces m'abandonnent! — C'en eft fait! (*Avec la mufique*). Perfécutée de tous côtés, affaillie par tous les Dieux, je fuccombe.... Ayez pitié de moi, Puiffances irritées!... Théfée!... Théfée!... (*Un éclair terrible l'effraie ; elle jette un grand cri, & fe précipite dans la mer*).

F I N.

Lu & approuvé, ce 12 Juillet 1781. SUARD.

Vu l'approbation, permis d'imprimer, ce 14 *Juillet* 1781:
LE NOIR.

De l'Imprimerie de VALADE, rue des Noyers.

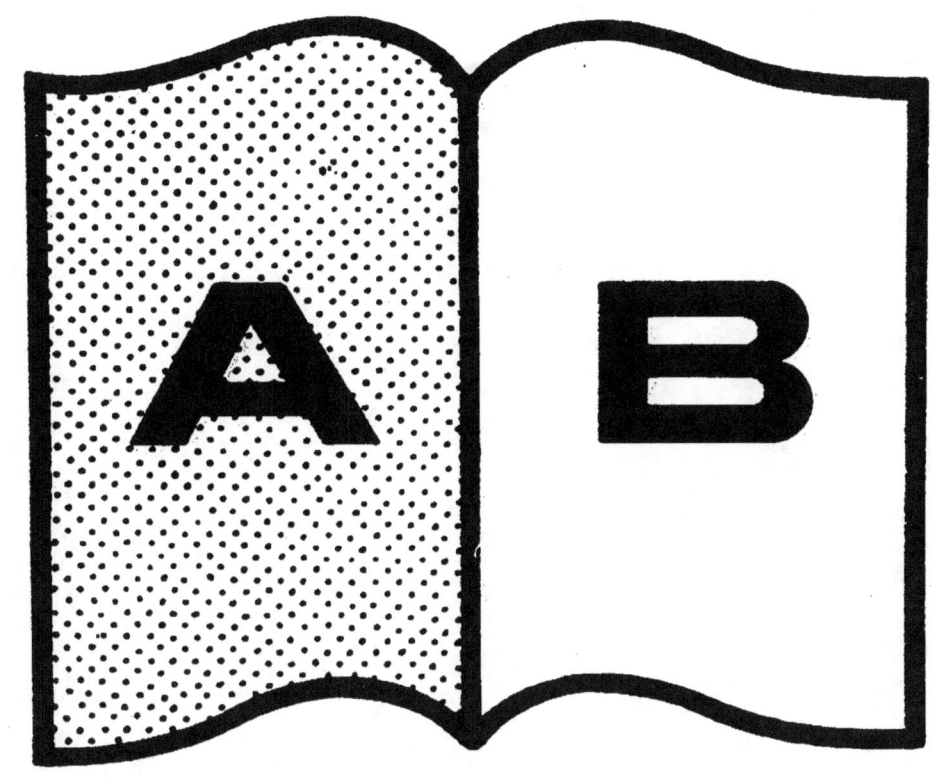

Contraste insuffisant

NF Z 43-120-14

www.ingramcontent.com/pod-product-compliance
Lightning Source LLC
Chambersburg PA
CBHW060848180626
46818CB00004B/1631